浪花朵朵

大作家写给孩子们

戴眼镜的女孩

[法] 帕特里克·莫迪亚诺 著

刘曦 译

上海人民美术出版社

雪天，纽约，59街。

我站在公寓窗前，望着对面的大楼，那里有我创办的舞蹈学校。巨大的玻璃窗后，身着练功服的学生们刚刚做完足尖练习和击腿跳训练。我的女儿是这里的助教，她正给学生示范一段爵士舞，让他们得空休息一下。

再过一会儿，我也会加入他们。

这群孩子里有一个戴眼镜的女孩。每次上课前，她都会把眼镜放在椅子上，就像我当年一样。没有人会戴着眼镜跳舞。那时，我跟着迪兹迈洛娃夫人学习芭蕾舞，白天练舞时从来不戴眼镜。每当此时，周围的一切都变得不再清晰，人的轮廓、物的棱角都变得朦朦胧胧，只剩下一团柔和的光晕，就连声音也越来越轻，越来越听不真切。摘下眼镜后，我看到的是另外一个世界，那么朦胧，那么温柔，它仿佛是一个又大又软的羽毛枕头，我枕上去很快就会进入香甜的梦乡。

"卡特琳，在想什么呢?"爸爸问我，"快把眼镜戴上吧!"

于是，我只好又戴上眼镜。世界又重回它的本来面目，一切都那么清楚、冷酷。哎，美梦到此结束了。

我在纽约的一家芭蕾舞团跳了几年舞，之后，和妈妈合开了一个舞蹈班。后来，妈妈退休了，我独自一人给学生上课。现在，女儿和我一起工作。爸爸其实也该退休了，但他还没下定决心。而且说真的，他究竟该从哪儿退休呢?直到现在，我也不知道爸爸到底是做什么的。他和妈妈住在格林威治村的一间小公寓里。我们这一家子其实特别普通，普通得就像其他千千万万的纽约人一样。唯一不同的是，来美国前，我的童年是在巴黎第十区度过的，不过，那也已经是三十年前的事情了。

那时，爸爸在我们住的房子的楼下开着一家商店，每晚七点，他就会拉下卷帘门。店里总是堆满各种各样的箱子、包裹，就像一个外省车站的库房，满地都是人们存放或邮寄的行李。除此之外，店里还摆着一个秤台很大的磅秤，最多可以称三百公斤的东西。

没有人用过这个磅秤，除了爸爸。当他的合伙人雷蒙·卡斯特拉德先生偶尔不在时，他就会双手插进口袋，一动不动地站在秤台上。爸爸一言不发，头向前伸着，若有所思地盯着刻度盘。我至今还记得，指针指向了六十七公斤。有时，他会对我说：

"卡特琳，要来称一下吗？"

于是，我来到他身边。爸爸把手搭在我的肩上，我们一动不动地站在那里，好像在摆照相的姿势。爸爸和我摘下眼镜，周围的一切都变得温柔而模糊，时间仿佛停了下来，这感觉真是太幸福了！

有一天，爸爸的合伙人卡斯特拉德先生突然回来，正好看到我们站在秤上。

"你们在干什么呢？"他问道。

幸福的时光就此戛然而止，爸爸和我重新戴上眼镜。

"你不是看到了吗？我们在称体重。"爸爸说。

卡斯特拉德先生对这个话题并不感兴趣，一头钻进玻璃隔板后面的办公室。那里有两张巨大的胡桃木办公桌，面对面摆放着，还有两把旋转椅。爸爸和卡斯特拉德先生就在那里办公、谈生意。

妈妈离开后，卡斯特拉德先生开始和爸爸一起工作。妈妈是美国人，在一家舞团跳舞，二十岁那年跟着舞团来到巴黎巡演，就这样认识了爸爸。结婚后，妈妈继续在巴黎的舞厅跳舞，比如帝国舞厅、塔巴兰舞厅还有阿罕布拉舞厅。我至今还保存着她所有演出的节目单。妈妈虽然身在法国，却一直思念着她的家乡，几年后，她最终还是选择了回国。爸爸答应她，等他处理完手头的"生意"，就去美国，一家团聚。我还很小的时候，爸爸就是这样告诉我的。然而，当我渐渐长大，我开始明白，妈妈的离开其实另有原因。

每个星期，我和爸爸都会分别收到一封来自美国的信，信封四周印着红蓝相间的小斜条。

信的结尾，妈妈总是写着：

"卡特琳，我的宝贝，吻你。'相'（想）你的妈妈。"

妈妈有时会写错字。

爸爸和我说起他的合伙人卡斯特拉德时，总是叫他"难缠鬼"。

"宝贝，我下午不能去学校接你了……我和'难缠鬼'得工作到很晚。"

卡斯特拉德先生有着棕色的头发和黑色的眼睛，

他的上半身很长，腰总是挺得很直，因此走路时动作幅度不大，看起来就像在滑冰。

后来我才知道，卡斯特拉德先生一开始并不是爸爸的合伙人，而是他的秘书。当时爸爸想找一个法语很好的人，而卡斯特拉德先生年轻时曾打算申请法语文学专业，并且为此做了很多功课。之后，"难缠鬼"成了爸爸的合伙人。

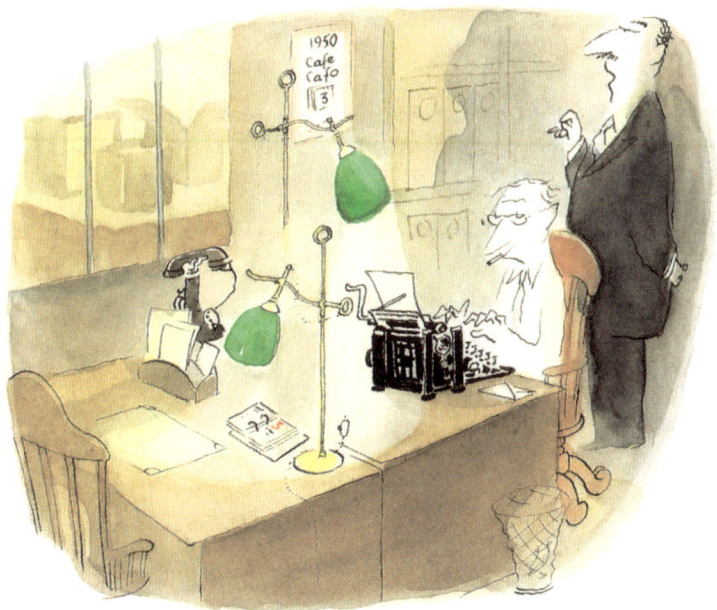

这位先生总是动不动就教训人。

他还喜欢宣布坏消息。每天早上，他到办公室后做的第一件事就是读报纸。每当此时，坐在他对面的爸爸就会摘下眼镜，听他用南方口音播报各种灾难新闻和犯罪报道。

"乔治，你没在听吧，你又走神了。"卡斯特拉德先生对爸爸说，"别逃避现实了，把眼镜戴上，看看这个真实的世界吧！"

"必须要这样吗？"爸爸说。

"难缠鬼"先生还有另外一项乐趣——让人用打字机把他说的话噼里啪啦打出来。不知有多少次，我看到卡斯特拉德先生挺直腰板，声音洪亮地口述着商业信函，可怜的爸爸只好敲着打字机，在一旁忙个不停。可能是碍于情面吧，爸爸从没和他说过，这些信件其实一点用处都没有……卡斯特拉德先生一个字母一个字母地拼读着，哪怕是一个标点符号、一个长音音符都不会忽略掉。

常常在合伙人先生转过身后，爸爸就迅速把信撕掉了。

除了爸爸，倒霉蛋还有我。"难缠鬼"先生连我的作文都不放过，非要给我做听写。我呢，也只好乖乖听话。我的作文成绩有时还不错，但也只是有时，老师对我作文的评语通常是四个字：离题万里。

爸爸对我说："如果你也觉得跑题了，那就撕掉

他给你做的听写作文，自己重写吧。"

有时，合伙人先生不在店里，爸爸还会模仿他滑稽的南方口音：

"分——号，上——引号，逗——号，冒——号，左——括号，换——行，右——括号，下——引号……"

我在旁边都要笑疯了。

"这位小姐，请严肃些。"爸爸说，"别忘了U上面有个分音符……嗯，还有，把眼镜戴上，看看这个真实的世界吧！"

一天下午，我和爸爸刚从学校回来，卡斯特拉德先生就非要看我的成绩单。他一边呷巴着嘴叼着烟头，一边念着分数，随即用他那双黑眼睛严厉地盯着我，说道："这位小姐，我还以为你的成绩会很好，尤其是拼写这一门。我真的很失望，你这张成绩单啊，真是……"

他说他的，反正我已经摘下眼镜，什么都看不清，什么也听不清了。

　　"够了！卡斯特拉德。"爸爸突然说，"我都听累了，让孩子清净会儿吧！"

　　"好！很好！"

　　卡斯特拉德先生"噌"地站起来，傲慢地挺起胸膛，笔挺挺又神气十足地"踩着"那双看不见的"溜冰鞋"迅速消失在门外。

　　我和爸爸从眼镜上方看着彼此，面面相觑。

后来，我们去了美国，卡斯特拉德先生和上城街的商店逐渐成为遥远的回忆，遥远到我们甚至开始怀疑这些是否真的存在过。一天傍晚，当我和爸爸在纽约中央公园散步时，我问他为什么总是对卡斯特拉德先生言听计从，他让我们做听写我们就做听写，他想教训我们就教训我们。

"我也没办法，"爸爸说，"他曾经救过我一命。"

他不肯说更多的细节，我只记得有一次，卡斯特拉德先生发了很大的脾气，他冲爸爸喊道："乔治！你应该不会忘记，那个把你从监狱里捞出来的人才是你的真朋友！"

卡斯特拉德先生之前在巴黎郊区的一所初中当法文老师，爸爸认识他时，他刚刚辞去这份工作。爸爸特别羡慕会写书的文人，恰好卡斯特拉德先生此前出版过几卷诗集，正因如此，爸爸对他非常尊重。在我纽约公寓的书房里还收藏着他的一部作品，可能是我们离开法国时爸爸塞进皮箱的，这也成为我对往昔记忆的一点见证。诗集名为《咏叹集》，是卡斯特拉德先生自行编辑出版的，出版地址是巴黎第十区阿克杜克街15号。封底还印着几行作者介绍：雷蒙·卡斯特拉德，朗格多克大区百花诗赛冠军得主，波尔多市缪塞诗歌大奖赛桂冠诗人，加斯科涅-北非文学协会会员。

商店大门正上方是一块由巨大的磨砂玻璃制成的门店招牌，上面用海蓝色油漆涂写着"卡斯特拉德-赛迪图德货运公司"，上城街的过往行人很少会有兴趣瞧上一眼。赛迪图德（Certitude）是爸爸和我的姓氏。美国人很难发好这个音，他们总是说成瑟提裘德，但巴黎人的发音就很清晰，也很有法国味儿。有一次，爸爸和我说，我们真正的姓氏的发音更加复杂，有点类似赛尔迪切克瓦德兹（Tscerstistscekvadze），又有点像赛切迪图德基维利（Chertchetitudjvili）。战争爆发前的一个夏日午后，年轻的爸爸需要一份出生证明，于是来到巴黎第九区区政府。正是在这儿，爸爸的爸爸给他办了出生登记，姓氏那里写着赛尔迪切克瓦德兹，又或者是赛切迪图德基维利。爸爸到达的时候，阳光洒满了整个身份登记处，办公室里没什么人，只有一个工作人员孤独地站在那里。

当他在表格上誊写爸爸的姓氏时，看着这么复杂的姓氏，不由得叹了一口气。他挥了挥手，好像要赶走一群看不见的蜜蜂、蚊子或者蟋蟀，爸爸姓氏中的赛啊、迪啊、德啊什么的，让他觉得有上百只虫子正围着他嗡嗡叫。

"您的姓也太长了，看得我直冒汗，"他擦了擦额头，说道，"要不咱们弄得简单点儿，赛尔迪图……干脆就赛迪图德吧，您觉得这个姓怎么样？"

"没问题！"爸爸答道。

"好的，那您以后就姓赛迪图德了！"

就这样，上城街公司的招牌上写着"卡斯特拉德-赛迪图德货运公司"。可是，货是什么货，运又运往哪里呢？对此，爸爸一直含糊其词。

邮寄货品？出口货品？货物中转？货物运输？

他们总是在晚上工作。那些大卡车来来回回，即使停在店门口也从不熄火，发动机发出隆隆的响声，使我常常从睡梦中惊醒。我从房间的窗户望出去，看到一些人在店里进进出出，来回搬运着箱子，爸爸和卡斯特拉德先生就站在人行道中间，指挥着夜间的搬运工作。爸爸拿着一本翻开的登记册，每当有人从卡车上装箱或者卸货，他就随时做好记录。在家中的旧纸堆中，我曾偶然看到这本登记册中的一页笔记：

时间	出货	时间	进货
10:30	收音机配件、按钮	10:15	军鞋
11:00	衬衫、螺丝钉、毛线衫	11:15	雨衣、30瓶朗姆酒
11:30	发电机、冰柜（电冰箱）		
0:15	缆绳、帐篷	1:30	机床、发动机
			赛迪图德

注："冰柜"一词被卡斯特拉德先生划掉了，他在旁边又写上"电冰箱"。笔记的最后一行是爸爸模糊不清的签字——赛迪图德。

　　我的学校就在离家很近的小旅馆街，每天早上，爸爸拉起卷帘门后就会陪我去上学。

　　我们总会在路上遇见卡斯特拉德先生，他每天都走这条道来上班。

　　"一会儿见，雷蒙。"

　　"一会儿见，乔治。"

　　卡斯特拉德先生"踩着"那双看不见的"溜冰鞋"滑走了。上城街建在一个斜坡上，于是他越滑越快。

　　到了学校门口，爸爸总会拍拍我的肩膀。

　　"卡特琳，打起精神来，就算你和爸爸一样总是拼错字，也没什么大不了……"

　　现在的我已经明白，爸爸之所以这样说，并不是不关心我的学习，而是因为他很清楚我有多害怕卡斯特拉德先生永远没完没了的训话和听写课，所以他总是安慰我，让我放宽心。

每个星期，我在学校食堂吃两天午饭，其他日子我就和爸爸去夏布洛尔街的皮卡迪餐厅。卡斯特拉德先生每天也在那里用餐。我和爸爸经常在街角盯着他的动向，直到他进餐厅十来分钟后我们才进去，这样就不用和他在一张桌子上吃饭了。爸爸想和我两个人安安静静地吃饭，生怕卡斯特拉德先生又讲起那些灾难啊、教训啊，又或者干脆上起拼读课来。我甚至有种猜测，也许爸爸和餐厅老板商量过，一定要安排我们坐离他最远的那一桌。

到了餐厅门口，爸爸总是和我说：

"卡特琳，把眼镜摘了吧，这样我们就能光明正大地看不到卡斯特拉德先生了……"

然而，躲过了卡斯特拉德先生也躲不过其他人，每当我们快吃完时，爸爸的那些生意伙伴总能找到他，然后在我们这一桌高谈阔论。

我在一旁听着，但又无法完全听懂。他们中的大多数人长着棕色的头发，留着胡须，穿着旧外套。

还有一位戴着金丝框眼镜的红发先生，他总是目瞪口呆地听着爸爸讲话，我还记得他叫"羊羔"。有一天，爸爸和他说：

"羊羔，我这儿有五十把星座客机的座椅，你想要吗？"

羊羔睁大了眼睛，问道："什么座椅？"

"星座客机的座椅，星座客机是一种飞机，这你总知道吧……"

"但这些座椅能做什么呢？"

"呃，比方说，把它们改成电影院的座椅。"

羊羔盯着爸爸，一如既往地目瞪口呆。

"你太有创意了，赛迪图德……太厉害了……好的，这些我都要了……我真是服了你了……"

那一刻，我可以从羊羔先生的眼里看到他有多么佩服爸爸，我也一样，觉得爸爸真是太厉害了。不过，爸爸到底做的是什么工作呢？一天午后，我实在忍不住问了他这个问题。

"宝贝，该怎么和你解释呢？这么说吧，为了让货物在欧洲的运输更加便捷，每个国家都开了好多运输公司。这些公司……就是人们把箱子啊、包裹啊寄给我……我呢，把它们放在仓库里……然后，我再把这些东西寄给别人……再然后，我又收到其他的箱子、包裹，就这样一直持续下去……"

爸爸狠狠地抽了一口烟："这么说吧，我的工作就是和这些箱子打交道。"

那年四月起，几乎每个下午，爸爸都会带我去圣·文森·德·保罗教堂前的小广场。我经常能在那儿碰到班里的同学，然后我们就一起玩耍，不到六点爸爸是不会叫我回家的。爸爸坐在长凳上，有些漫不经心地看着周围。总有人时不时来找他，他们中的大多数长着棕色的头发，留着胡须，穿着旧外套，是的，就是那些我们在餐厅遇见的人。当然了，红头发的羊羔先生也在其中。他们一个个轮流坐在爸爸旁边，讨论着什么事情，爸爸时不时在记事本上写上几笔。

天快黑的时候，我们就手牵手、沿着上城街的斜坡走回家。

路上，爸爸总是和我说："卡斯特拉德一会儿又要发火了。他根本不懂我为什么总在小广场和人谈生意。这个笨蛋，天气这么好，在外头谈生意才会更顺利呀……"

果然，我们一回到店里就看见卡斯特拉德先生坐在办公室里等着爸爸。嗯，一看心情就很不好。

"雷蒙，工作还顺利吧？"爸爸问道。

"总得有人干活呀！"他挺了挺腰板，随即用更加冷淡的语气对我说，"这位小姐，你呢？今天下午在学校学了哪些诗人的诗啊？"

"维克多·雨果的，还有魏尔伦的。"

"总是这几个，又不是只有他们才是诗人……诗歌的世界可太广博了，比如说……"

这个时候最好不要打断他。

爸爸坐在他对面，我呢，站在他旁边乖乖听讲。合伙人先生从上衣口袋里掏出一本诗集，作者名字那里写着"卡斯特拉德"。

"我得让你们知道，什么才是真正的法文格律诗……来，我给你们读一读吧！"

　　随即，卡斯特拉德先生一边读着自己的诗，一边给自己打着节拍，声音没有一丝起伏。我至今仍记得一首诗的开头，卡斯特拉德先生似乎尤其满意这首大作：

"贝蒂啊，拥有雪花石膏般的脖颈，

还有你，玛丽-乔瑟，

你们是否还记得曾经交换的誓言，

就在卡斯泰诺达里，

就在秋日的那些夜晚……"

　　我听着听着就坐到了爸爸腿上，再听着听着就睡着了。好像过了好久，爸爸才把我叫醒，那时天已经完全黑了。

　　"他总算走了，"爸爸筋疲力尽地说，"把眼镜戴上吧。"

　　然后，我帮爸爸拉下商店的卷帘门。

每天早上，爸爸做好早饭，放在餐厅的桌子上，然后才会叫我起床。他打开百叶窗，背对着我，望着外面的屋顶和远处火车东站的彩绘玻璃窗。

他常常一边打着领带，一边和我说："敬你我！敬生活！"

　　说这句话时，爸爸有时似乎满腹心事，有时又似乎非常坚定。

　　他刮胡子时，总是拿着满是泡泡的剃须刷追着我满屋跑，想给我也涂个大白脸。这种戏码无数次在我家上演。

　　玩累了，爸爸就在我旁边坐下，我们俩不再说话，把沾满剃须泡沫的眼镜擦得干干净净。

一个星期天，爸爸和我正吃着早餐，楼下商店的门铃响了。我帮爸爸拉开卷帘门，看见一辆巨大的卡车停在门口。那辆卡车罩着篷布，上面还印着一些西班牙文，有三个男人正往下卸货。他们把箱子放在人行道上，爸爸让他们抬进店里，然后给卡斯特拉德先生住的公寓打电话。搬完箱子后，那些人给了爸爸一张收据，他在上面签了字，那辆大卡车就轰隆轰隆地开走了。

爸爸和卡斯特拉德先生打开箱子，里面全是芭蕾舞者的小雕像。

　　有些雕像在运输途中碰坏了，我们就把这些残片一一放在店里的货架上。爸爸把剩下的箱子重新打上封条，然后开始用我听不懂的语言给人打电话。挂断电话后，卡斯特拉德先生说："乔治，你得当心些，别玩火了……你签的那张收据，法国海关到时候可不会认账……你忘了那一千双奥地利皮靴的事儿了？那次你差点儿就完了！要是没有我，说不定你现在还在里头呢！"

　　然而，爸爸并没有回话，只是摘下眼镜，一言不发。那天晚上，又来了一辆卡车，把装着舞者雕像的箱子全运走了，只剩下一堆雕像残片。接下来的每天晚上，爸爸和我都会兴致勃勃地拼凑、修复它们。渐渐地，货架上多了一排芭蕾舞者的小雕像，我们可以看着它们直到出神。

　　"宝贝，"有一次爸爸突然说，"你想跳舞吗？就像妈妈那样！"

我至今还记得我的第一堂舞蹈课。爸爸给我选的舞蹈班就在离家不远的莫伯日街，第一次上课时，我的老师嘉莉娜·迪兹迈洛娃夫人走向我，说道："亲爱的，跳舞时可不能戴眼镜。"

其他同学不用戴眼镜，也不用摘眼镜，干什么都很方便，起初我可真羡慕她们啊！不过，渐渐地，我发现自己拥有一个她们都没有的好处：只有我可以生活在两个完全不同的世界！当我戴上眼镜时，是清晰而坚硬的世界；当我摘下眼镜时，是朦胧而温柔的世界。舞蹈的世界不是真实的人生，在这个世界里不能随随便便地行走，而是用跳跃、腾空、

击腿跳来走。这个梦想的世界那么温柔，就像我摘下眼镜时看到的世界一样。

下课后，我和爸爸说：

"不戴眼镜跳舞一点儿都不碍事！"

爸爸看着我这么肯定的样子，似乎有些吃惊。

"如果我不近视的话，肯定不会跳得这么好！这是我独一无二的优势！别人都没有！"

"没错，"爸爸说，"我年轻时也这么觉得……
我们总是生活在别人的目光里，但只要不戴眼镜，
一切都变得很模糊、很温和……这也许就是它的魅
力吧……"

　　爸爸每周四晚上都会陪我去上舞蹈课。舞蹈教室的窗户很大，从那儿可以望见巴黎火车北站。其他同学都是妈妈陪着来上课，只有我是爸爸陪着。妈妈们坐在红色仿皮漆布的长椅上，而爸爸这位唯一的男士则站在长椅的另一边，和她们保持挺远的距离。他时不时转过身，透过窗户望着远处的巴黎北站。那里的站台灯火通明，一些火车正要驶向远方。有一次，爸爸和我说，有的火车会一直开到俄国。迪兹迈洛娃夫人就是俄国人，她说法语时总是带着很重的俄语腔。

她指导我时总是说:"卡特儿琳·赛儿迪图德,绷'筋'(紧)脚尖……伸'绽'(展)身体……脚步姿'实'(势)……'滴'(第)二脚位①……'滴'(第)五脚位……伸'绽'(展)身体……换另一边……"

有一次,我把眼镜不小心落在了舞蹈教室,爸爸正好有工作要忙,于是我一个人回莫伯日街去取。我敲了敲门,里面一个人也没有。我只好又去找门房,她那儿有教室的备用钥匙。我进去后打开钢琴上面的小台灯,微弱的灯光洒在钢琴上,映照出一方明暗交错的空间。偌大的教室里空无一人,一眼便能看见摆在角落的钢琴和孤零零的琴凳。真有意思!我取回搁在长椅上的眼镜,又转过身,透过窗户看着远处的巴黎北站,那里的站台灯火通明。

---

① 脚位,舞蹈术语,特指舞蹈训练中脚的基本位置。古典芭蕾有五种脚位。——译者注(全书同)

忽然间，我的脑子里闪过一个念头：我要跳舞，一个人，就在此时，就在此地。寂静的夜里，钢琴的乐声和迪兹迈洛娃夫人的声音仿佛就在耳边：

"绷'筋'脚尖……伸'绽'身体……脚步姿'实'……'滴'二脚位……'滴'五脚位……"

当我停下舞步，想象中的声音又消失了，一切回归到夜的沉寂。我戴上眼镜，转身看了看玻璃窗外的北站站台，离开了教室。

我至今仍保存着一张那时的老照片。记得那是一个周四的下午，在去上舞蹈课前，爸爸、卡斯特拉德先生和我站在商店门前拍下了这张照片，摄影师是红头发的羊羔先生。我站在爸爸和卡斯特拉德先生中间，那天合伙人先生似乎心情很不错，还模仿我摆了一个芭蕾舞的造型。爸爸的另一边还有一位女士，我依稀记得有个晚上她来办公室找过爸爸。

临走前她说：

"一会儿见，乔治。"

我问爸爸她到底是谁，爸爸看起来有些尴尬，支支吾吾地说："哦……也不是谁，就是一个空姐……"

二十年后，当我和爸爸重新翻看这张照片时，

我又问起这位女士，爸爸依旧这么说："哦……就是一个空姐……"说罢却不再看照片，而是仰头望向天空。

我在舞蹈班只有一个朋友，这个小女孩每周四自己来上课，没有妈妈陪着。我们的友谊是这样开始的。有一天，她突然和我说："真好呀，你可以天天戴眼镜……我也好想戴眼镜……你能让我试试吗？就一下？"

她戴上眼镜，对着迪兹迈洛娃夫人给我们纠正姿势的落地镜看了又看。

下课后，她总是请爸爸和我陪她走到离这儿最近的安特卫普地铁站。

在罗什舒阿尔大道的地铁站口有间报亭，有位女士总在那里等她。这位女士经常穿一袭风衣，脚上穿着平跟鞋，神情严肃地在那里翻看杂志。一看到我的朋友，她总会说："欧蒂乐，你又迟到了……"

"对不起，赛尔让小姐。"

欧蒂乐告诉我这位赛尔让小姐是她的家庭教师。

一天晚上，她和赛尔让小姐上地铁前递给我一个信封，里面是张邀请卡：

拉夫 -B·昂格纳先生偕夫人
诚邀
乔治·赛迪图德和卡特琳·赛迪图德
参加春季鸡尾酒会
时间：4 月 22 日星期五
地点：纳伊区索赛大街 21 号
酒会于下午五点正式开始

敬请函复

卡片上的其余部分都是用天蓝色油墨印上去的，只有爸爸和我的名字是欧蒂乐自己填的。每次回想起来我都觉得不可思议，爸爸竟然没发现，邀请我们只是欧蒂乐自己的主意，她的父母对此根本毫不知情。

"我得赶紧回复他们，"爸爸有点激动，"星期五，那就是明天啊……"

爸爸跑去找卡斯特拉德先生讨主意，他马上说：

"我这就告诉你该怎么写，你一字不差地打出来就好了……"

等爸爸在打字机前坐好，卡斯特拉德先生挺了挺胸膛，说道：

"亲爱的朋友：我与小女……承蒙邀请……深感荣幸……我父女二人明日……将准时登门拜访。致以最诚挚的问候。

乔治·赛迪图德偕女敬上"

"偕女敬上？"爸爸有些摸不着头脑。

"就是偕女敬上，"卡斯特拉德先生不容置疑地说，"传统法文书信就这么写。"

"得让他们今晚就收到这封回信。"爸爸说。

他随即给羊羔先生打了个电话，说有件要紧事，让他赶紧来店里一趟。

羊羔先生紧赶慢赶地到了。

"羊羔，你能把这封信送到纳伊区的索赛大街吗？现在！立刻！马上！"爸爸急切地说。

"现在？立刻？马上？"羊羔先生呆呆地重复着爸爸的话。

"是的，明天还得麻烦你开着你那辆小卡车，把我和卡特琳送到那儿。"

"你之前可没提过这件事啊，赛迪图德。"

"听我说，羊羔，"爸爸看着他，"我把星座客机的前四排座椅都留给你，一分钱不赚。怎么样，现在你可以帮我这个忙了吗？"

"当然乐意效劳！"羊羔先生一脸激动地说。

接下来的时间里，爸爸一心扑在赴约的准备工作上。他看起来既激动不安，又有些迫不及待。

"昂格纳家族的人啊，那可不是一般人。"爸爸不停地说着这句话，眼睛里流露出深深的向往之情。我看着他，觉得陌生极了。

吃完午饭，我们坐在圣·文森·德·保罗小广场的长凳上，爸爸开始兴致勃勃地憧憬未来。

"小卡特琳，你知道吗……有时候人什么都不用做就能过上好日子……什么都不用做……只要有身份、地位、圈子……我真想马上就去昂格纳家……"

那天，爸爸犹豫了好久，最终选择穿一套深棕色条纹西服。他之前还试了一套蓝色西装，但觉得穿它参加鸡尾酒会不太合适，有些太过严肃。出门时，他居然还拿了一顶软礼帽和一副手套。羊羔先生的小卡车就停在店门口，他正在车里等着我们。

　　"纳伊区，羊羔，索赛大街 21 号。"爸爸沉声说道，那语气仿佛在给他的司机下命令。

　　羊羔先生开车速度并不快，他那辆小卡车刚晃晃悠悠开到了索赛大街，爸爸就赶紧说：

　　"就停在这儿吧，羊羔，我们就在这儿下车。"

　　"啊？还没到 21 号呢！"

"我们在这儿下车就好了，剩下的路我们走着去。"

羊羔先生惊讶不已，呆呆地看着我们下了车。

"就在这儿等我们吧，别开到 21 号，就在这儿。千万记住啊！我们一两个小时后就回来。"

"一切都听你的，赛迪图德。"羊羔先生说。

我们就这样一直走到了索赛大街 21 号。这是一家私宅，进了大门后映入眼帘的是一大片花园和修剪得整整齐齐的草坪。左侧的庭院路面平坦，停着各式各样的豪华小轿车。

欧蒂乐正等在门口。

"我还以为你们不来了……"她挽着我的手臂说，"你们能来真是太好了！"

我们跟着她穿过大厅，然后走进一部红丝绒内壁的电梯。

"这电梯可真不错，"爸爸神情自若地说，"回去我也要在办公室和公寓间装一部。"

爸爸看起来神气十足，但我知道他其实有些不

安，因为他时不时就调整一下领带，要不就捏一下
手中的礼帽。

我们来到屋顶的露台。白衣服务生端着托盘，
翩然穿梭于人群之间，给宾客斟酒或倒果汁。女士

们身着剪裁得体的礼服，男士们则随意许多，全都穿着休闲运动装。他们有些手持酒杯站着聊天，有些坐在遮阳伞下谈兴正浓。明媚的阳光，和煦的春风，就连空气仿佛也比别处轻盈许多。在这群人里，只有欧蒂乐和我两个小孩。

爸爸就像喝多了一样，不管看见谁都忙不迭地鞠躬、握手，嘴里还不停地说着："乔治·赛迪图德，幸会幸会！乔治·赛迪图德，请多指教！"

我跟在爸爸身边，经过一番折腾后终于走到露台边，那里依旧有一群举止优雅的女士、男士在聊着天。

"卡特琳，快过来！"爸爸捏着软礼帽，压低嗓门兴奋地说，"看到那个扶着栏杆的先生了吗？就是那个一头金发的瘦子，他可是个鼎鼎有名的服装设计师……他旁边那个，穿着马裤的，是圣多明戈岛的马球手，应该不久前刚在巴格戴尔打完比赛……还有那位女士，举手投足都这么优雅，真不愧是萨沙·吉特里的太太……和她聊天的那个先生是个大酒商，有个特别有名的餐前酒品牌，地铁广告上经常能看到他的名字，他姓什么来着……杜博……杜邦……还是杜博奈……"

爸爸越说越快，越说越激动。

"啊！这个棕色头发的，是阿里·汗王子吗？看着还真像……欧蒂乐，他不会真是阿里·汗王子吧？"

"呃……是他，叔叔。"欧蒂乐顺着爸爸说，好像不忍心让他失望一样。

爸爸已经按捺不住了，他跃跃欲试，迫不及待地想要加入他们的话题。然而，他的深棕色西装在一众浅色夏装中是那么的碍眼。

"昨晚我差点被我的塔伯特①给害死，"服装设计师一边说，一边指了指楼下的一辆豪华小轿车，"没办法，谁让我就喜欢这个牌子呢？"

"我还是喜欢德拉埃②，"马球手说，"它的刹车

① 塔伯特（Talbot），法国汽车品牌。
② 德拉埃（Delahaye），法国上世纪三十年代的高端汽车品牌。

时好时坏，特别刺激，我就喜欢这种。"

爸爸用力地握了握我的手，我猜他在给自己打气。

"我呢，"他尽量让自己看似游刃有余地说，"我就爱开前轮驱动的车子。"

随即他指了指停在街角的一辆雪铁龙。

可是好像没有人听到他讲了什么，除了一位端着托盘的白衣服务生：

"不过，好像有人在偷您的车……"

我们眼看着那辆雪铁龙发动了引擎，迅速地消失在街角。

"没有……没有……"爸爸硬着头皮说，"是司机去买烟了……"

说完，爸爸又给自己鼓了鼓劲，转过身继续试着融入那群高雅人士的话题。

"前轮驱动的车子好就好在它的发动机。"爸爸说。

然而，这句话和前一句话一样，迅速地消散在空气中，似乎根本没人听到。爸爸喝了好几口鸡尾酒，想要让自己放松下来。欧蒂乐一直陪在我们身边。

"欧蒂乐，你的父母呢？你能帮我介绍下吗？我还不认识他们呢。"爸爸突然对她说。

她的脸"唰"地一下红了。

"嗯，好的。您也知道，叔叔，"她说，"他们今天特别忙。"

欧蒂乐一脸拘谨地领着我们走到露台的另一边，那里站着一位戴着太阳镜、身着浅蓝色礼服的金发女士，她旁边是一位头发乌黑而顺滑的男士。和他们聊天的显然也是一群高雅人士，高雅得就像爸爸刚才脱口而出的那些名字一样。

欧蒂乐嗫嚅着和金发女士说："妈妈，这位是赛迪图德先生。"

"谁？"金发女士一脸的漫不经心。

"幸会！幸会！昂格纳夫人。"爸爸一边说，一边向她鞠了个躬。

她透过太阳镜瞄了一眼爸爸。

"爸爸，这位是赛迪图德先生，"欧蒂乐转而试图引起黑发男士的注意，"这位是卡特琳·赛迪图德，我和您说过的，我在舞蹈班的朋友……"

"久仰大名！昂格纳先生！"爸爸说。

"您好。"欧蒂乐的爸爸不咸不淡地回道，随即敷衍地握了握爸爸的手。

然后，他和他的太太就不再理会爸爸，继续和那群高雅人士聊着他们的话题。

爸爸有些不知所措地待在那里，但他的热情还没完全消减，于是又鼓足了勇气：

"我们是……是开前轮驱动车来的……"

他突然间冒出这么没头没尾的一句话，仿佛一盏莫名其妙亮起来的前照灯。昂格纳先生轻轻地扬了下眉毛，戴着太阳镜的昂格纳夫人依旧什么都没听到。

欧蒂乐带我去她的房间玩，回来时我发现爸爸居然和一位男士聊得热火朝天。那位先生长得五大三粗，留着两撇小胡子，他们说的语言我完全听不懂。过了一会儿，那位先生做了个打电话的姿势就离开了，看样子他们也许还会继续联络吧。

"他是谁啊？"我问爸爸。

"我将来的贵人。"爸爸意味深长地说。

我们随后也出了门，看见停在大街另一头的小卡车，羊羔先生摇下车窗，对我们用力地挥了挥手。爸爸匆忙转身看了眼露台，那里依旧高朋满座，谈笑风生。

"我们得小心些，别让人看见。"爸爸说。

于是我们装作若无其事的样子走向小卡车。

然而欧蒂乐很快就追了上来。

"你们怎么没和我说再见就走了？"

她有些羞怯地笑着，好像很对不住我们的样子："酒会是不是很无聊啊？"

"怎么会？真的很感谢你能邀请我们，我今天可结识了大人物。"爸爸的语气突然变得很认真，"欧蒂乐，你不知道你帮了我多大的忙，等着吧，我的生意肯定会更进一步……"

欧蒂乐听到这些似乎并不怎么高兴，她轻轻地皱了皱眉。当她看到我们要登上羊羔先生的小卡车时，脸上流露出难以置信的神情。

"你们的车子呢？"

"刚刚被人偷了，"爸爸一口咬定，随即低下头对坐在驾驶座上的羊羔先生说，"老伙计，还得麻烦你开到离这儿最近的警察局，我得去报警。谢谢！"

欧蒂乐肯定听到了爸爸说的每一个字，她直勾勾地看着我，脸涨得通红。

在那之后，欧蒂乐再也没来上过舞蹈课。我伤心极了，跑去问迪兹迈洛娃夫人她为什么没来。

"我也不清楚，"她说，"我只知道她还有一个月的学费没交呢。"

爸爸和我翻开电话簿，想要找到欧蒂乐家的电话号码，然而，上面没有一个姓昂格纳的，也没有索赛大街 21 号这个地址——它直接从 19 号跳到了 23 号。

于是我只好给她写信。

　　"放心吧，宝贝。"爸爸说，"塔贝隆肯定会告诉我欧蒂乐家的电话号码。别伤心了……等我们联系上塔贝隆，你就能找到欧蒂乐了……"

　　塔贝隆……又一个停留在我记忆深处的名字，它总能唤起我的某种情绪。曾经有很长一段时间，这个名字使爸爸对未来有了无尽的想象，以至于哪怕过了三十年，爸爸仍在钱包里保存着他的名片。有天晚上，他将那张已经泛黄的卡片递给我，上面写着：

勒内·塔贝隆

S.E.F.I.C.

地址：巴黎第八区拜伦勋爵路一号

电话：爱丽舍 83-50

　　那年的鸡尾酒会上，他是唯一一个和爸爸交谈的人。

"卡特琳，还记得塔贝隆吗？"

我当然记得他，他留着两撇小胡子，肥硕的身体勉强塞进一件领口敞得很开的衬衫，腰间系着鳄鱼皮的腰带，和爸爸交谈时说着一种我完全不懂的语言。我还记得在羊羔先生载着我们回家的路上，爸爸和我说："我永远感激欧蒂乐能邀请我们参加这次酒会。我和一个叫塔贝隆的人聊了很久……记住这个名字，小卡特琳……塔贝隆，这个名字会让我飞黄腾达的……"

也正是从那时起，我经常看到爸爸拨打爱丽舍83-50这个号码。但电话的另一边总是无人接听，爸爸只好失望地挂上电话。有那么零星几次，电话终于接通了，我听到爸爸热切而又小心翼翼地说：

"您好，我是乔治·赛迪图德，麻烦找下勒内·塔贝隆先生……哦……他不在啊……好的，麻烦您转告他给我回个电话……"

塔贝隆从没回过电话，但爸爸却相信他迟早会打过来。

他经常对羊羔先生说："塔贝隆先生可看不上什么星座客机的座椅，人家要的是整个空军中队……这就是差别啊……"

卡斯特拉德先生有时会略带讥讽地问爸爸：

"乔治，你那位塔贝隆先生呢？怎么还没回电话啊？"

爸爸耸了耸肩："像塔贝隆先生这样身份的人，可不是我们能猜测的。"

一个冬夜，我上完舞蹈课，照旧和爸爸沿着莫伯日街往家走，在路上他突然说：

"卡特琳，你知道吗，从前有一天，我的爸爸背井离乡来到巴黎火车北站，他决定在这一片落脚，于是开了上城街的那家店。他选择住在这儿，是因为这一片有很多车站，想走随时都能走……他的这个决定真是太对了……卡特琳，你说我们要不要走呢？你想不想旅行？到别的国家看看？"

在我们最后一次去上舞蹈课的路上，爸爸一边走一边说：

"卡特琳，想想还挺有意思的，其实很久之前我就认识迪兹迈洛娃夫人了……不过她一直没认出我，也对，我早就不是那时的小伙子了……她的变化也很大……那时我还没做生意，是个挺精神的帅小伙，在巴黎的俱乐部打打零工，挣点小钱……有一天晚上，我被临时叫去给舞蹈演员伴舞……那个舞蹈演员，就是你的妈妈……那时我们还不认识……我得照着别人的吩咐把她举起来，连眼镜都没戴就和她跌跌撞撞地上了台……我什么也不会，手忙脚乱搞错了舞步，一个趔趄摔倒在地……你的妈妈笑个不停……演出没办法继续，只好就这么结束了……她觉得我很有趣，人也不错，就这样我们开始了交往……也正是在那儿我认识了迪兹迈洛娃……她那时也在俱乐部跳舞……"

说到这儿，爸爸仿佛害怕有人跟踪我们、听到我们的谈话一样放慢脚步，低下头在我耳边说：

"你知道吗，小卡特琳，她其实不叫什么嘉莉娜·迪兹迈洛娃，她的真名是欧黛特·玛查尔。"爸爸的声音几不可闻，我不竖起耳朵仔细听都听不到，"她也不是俄国人，她是土生土长的法国人，一直住在离这儿不远的圣芒代镇……她的父母非常正派，开着一家咖啡馆……你妈妈没有演出时，她经常请我们去那儿……她是个好姑娘……她根本没什么俄语腔，压根就没有……"

到了舞蹈教室，爸爸没有像往常一样站在一边，而是和那些妈妈一起坐在红色仿皮漆布的长椅上。迪兹迈洛娃夫人指导我们时依旧带着很重的俄语腔：

"绷'筋'脚尖……伸'绽'身体……脚步姿'实'……'滴'二脚位……'滴'五脚位……"

我好想听听她真实的口音。

晚上七点左右，舞蹈课结束了。迪兹迈洛娃夫人和我们打着招呼：

"'栽'（再）见了，孩子们，'瞎'（下）周四见……"

下楼时，我压低嗓门和爸爸说：

"爸爸，你怎么不过去和她打个招呼呢……"

爸爸笑了笑。

"你觉得我能说些什么呢？难道过去和她说，你好啊，欧黛特，圣芒代的朋友都还好吗？"

他沉默了一会儿，温和而坚定地说：

"不……我不能这么做……就让她和她的顾客
继续留在这个梦里吧……"

我每天都在等妈妈的信。一天早上，我和往常一样迫不及待地跑下楼，想看妈妈的信到没到。邮箱里果然躺着两封美国寄来的信，爸爸的那封很厚，给我的信上只写着一句话：

"亲爱的女儿：

我们一家三口马上就要团聚了，紧紧地拥抱你！

'相'你的妈妈。"

爸爸坐在办公桌前，认真地读着妈妈的信。上学路上，他和我说：

"美国那边有个天大的好消息！"

那天放学回来，卡斯特拉德先生又在办公室给我们读他的诗。他的嗓音没有一丝起伏，手中还打着节拍，我仿佛听着一首催眠曲，强迫自己不要睡着：

"就在卡斯泰诺达里，
就在秋日的那些夜晚……"

太困了……我决定摘下眼镜睡上一觉。就在这时，爸爸突然打断了他：

"就到这儿吧，雷蒙，已经七点半了。我要带卡特琳去夏洛餐厅吃海鲜大餐。"

卡斯特拉德先生挺了挺腰板，不屑地看了我们一眼，然后慢慢合上手中的诗集。

"这个世界真是太可笑了，"他说，"夏洛餐厅、海鲜大餐，这些可比法国诗人重要多了！读什么亚历山大体诗，还不如吃十几个生蚝呢！嗯，两位，用餐愉快啊！"

爸爸清了清嗓子，然后用从未有过的严肃语气说：

"雷蒙，我有一件非常重要的事要和你说。我和卡特琳，我们就要去美国了。"

我吓了一跳，赶紧戴上眼镜看看自己是不是在做梦。卡斯特拉德先生僵在办公室的门口。

"美国？你们要去美国？"

"是的，雷蒙。"

卡斯特拉德先生一下子瘫倒在自己的旋转椅上。

"那我怎么办？"合伙人先生似乎从未如此无助过，"你考虑过我吗？"

"我当然为你打算过，雷蒙。很简单，我将这家店留给你。我们今晚好好休息，明天脑子清醒了再细谈。"

爸爸拉着我走了，卡斯特拉德先生还是一脸的难以置信，他一动不动地坐在那里，嘴里不断嘟囔着："美国……他们要去美国……他们以为自己是谁啊？"

"小卡特琳，今晚带你来这儿吃饭，就是想和你说说我们接下来的行程……"爸爸说，"是的，我的宝贝，我们就要去美国了……就要和妈妈团聚了……"

爸爸叫来服务生，点了招牌生蚝大餐，还给我要了一份蜜桃梅尔芭①。

他点了一根烟，说："你妈妈三年前回了美国，她实在太想念自己的家乡了……我很难过，但也没有办法……我答应过她，只要处理完手头的生意就

---

① 蜜桃梅尔芭，一种以水蜜桃、香草冰激凌、覆盆子为主要原料的法式甜点。

带你去美国和她团聚。现在是时候了……我们马上就可以一家团圆了……好多年前，那时你还没出生，我和你妈妈还在谈恋爱，她在梅科小姐芭蕾舞团跳舞，那时她就和我说：'阿尔伯特……（呃，那会儿我还叫阿尔伯特……）我们一定会结婚，一定会生一个可爱的小女儿，一定会一家三口幸福地生活在美国……'你看，你妈妈可真厉害，她全说中了……快把甜点吃了吧，要不就化了……宝贝，我来教你点儿英文吧……"

于是爸爸开始字正腔圆地说起英文，他一个音节一个音节地教着我：

"不管是英文还是法文，梅尔芭都是一个词，都写成 Melba，不过呢，英文的发音和法文可不一样……你再看冰激凌这个词，法文是 glace，英文叫作 ice cream……"

夏天天黑得晚，我们走出餐厅时周围的一切都还清晰可见。克里希广场的车站旁停着几辆老式的平顶公交车，还有几辆红色和黑色的 G7 出租车在那里等客。广场附近有家高蒙-百丽宫电影院，周围还有一片栗子树。

"我们走回去怎么样？"爸爸说，"天气多好啊，我们可以走蒙马特高地那条道……"

于是我们顺着科兰古路走回家，爸爸一直将手搭在我的肩上。

"卡特琳，我已经买了下个月的船票……到时候你妈妈会在纽约码头那儿接我们……"

我很开心。分开这么久，终于能见到妈妈了。我好想她。

"以后你就在纽约上学，得好好学英语，舞蹈就让你妈妈来教，她跳得比迪兹迈洛娃夫人好多了……我刚认识你妈妈那会儿，她就已经是芭蕾舞团的台柱子了……对了，我和你讲过的，有一次我还成了她的伴舞……"

　　走下蒙马特高地的台阶后，爸爸一把将我举起来，就像那时他在俱乐部举起妈妈一样。

　　"别害怕，宝贝，"爸爸说，"我不会让你摔下来的……自从那次之后，我进步可大了……"

　　于是，我们保持着这个姿势，沿着特吕代纳大街走了好久好久。

　　接下来的一个星期，爸爸、卡斯特拉德先生和羊羔先生经常在店里碰头，他们签了很多份合同。卡斯特拉德先生讲起话来愈发地有气势：

　　"羊羔，签在这儿……你，乔治，签这里……别忘了写上'经双方协商一致同意后'……"

　　一天晚上，工作终于告一段落，爸爸还得留在办公室里处理点事情，另外两个人一道下班回家，我听到卡斯特拉德先生对羊羔先生说：

"从今往后，咱们得光明正大地做事情……我可不想再碰那些乱七八糟的东西了……别那么目光短浅，只看到眼前那点利益……咱们得守法……等公司走上正轨，必须得规规矩矩的……"

"当然了，这还用说嘛……"

话虽这样说，羊羔先生却轻轻地摇了摇头，似乎一副颇为遗憾的样子。

一天下午，爸爸来学校接我，我们和往常一样沿着上城街往家走。到了家门口，一个站在梯子上的油漆匠吓了我一跳，他好像刚刚重新粉刷完公司的招牌。海蓝色的"卡斯特拉德-赛迪图德货运公司"已经被层层油漆覆盖，崭新的招牌上赫然用红色油漆涂写着"卡斯特拉德-羊羔继任者公司"几个字母。卡斯特拉德先生的姓氏在阳光下闪闪发光，旁边羊羔先生的姓氏则小得可怜。卡斯特拉德先生站在店门口，双臂交叉，昂首挺胸，确实很有一副老板的派头。

"他其实应该再等等的，"爸爸说，"这么做就好像我们已经走了一样……"

卡斯特拉德先生在夏布洛尔街的皮卡迪餐厅为我们践行。羊羔先生也来了。用餐前，卡斯特拉德先生站起来，手中拿着一页纸，那是他为我们创作的送别诗：

"当轮船乘风破浪驶向美国，
请别忘了巴黎的旧时朋友。
纵然身处美丽的纽约，
奇妙的百老汇，
也请记得我们的蒙苏利公园。"

爸爸、羊羔先生和我都用力地鼓掌，我激动极了，这是我第一次完整听完卡斯特拉德先生的诗，我居然没有困得摘下眼镜。

聚会结束后，爸爸和我来到圣·文森·德·保罗教堂前的小广场，我们坐在长凳上闲聊。

"卡特琳，等到了美国，我们一家人一定会很幸福的……"

他点燃一根烟，仰头吐了一个烟圈。

"我们马上就要到新大陆了……The New World……不过，就像卡斯特拉德说的，我们不能忘了法国……"

那时，我并未留意爸爸的这句话，也没意识到它到底意味着什么。

这么多年过去了，直到现在，我好像才听懂他的话，好像又回到那个午后，又成为圣·文森·德·保罗广场上的那个小女孩。

我时常会想起位于小旅馆街的学校，想起和同学们玩得满身是灰的夏日午后，想起我们那家小小的商店，想起爸爸和我称体重的大磅秤。我还很想总爱给我们朗读自己诗的卡斯特拉德先生，很想一口俄语腔的迪兹迈洛娃夫人……真遗憾啊，我从未听过她真正的口音。

我们过去是什么样子，现在就是什么样子，哪怕直到人生终结，也永远还是一样。所以，一定永远会有一个叫卡特琳·赛迪图德的小女孩，她和爸爸戴着眼镜，手牵手走在巴黎第十区的路上。

昨天是星期天，我和女儿回格林威治村看望我的父母。他们团聚后就再也没有分开过，虽然妈妈总是威胁爸爸要和他离婚，因为她受够了他的那些"红颜知己"——妈妈说这句话时依旧带着很重的美国腔。爸爸有了一个新的合作伙伴，姓史密斯，和卡斯特拉德先生一样特别较真，不过这位先生倒是很听妈妈的话。

出租车在他们住的大楼前停了下来，我们下了车。我望着他俩公寓的一扇窗，依稀能看到爸爸的身影，他似乎在打领带，也许，嘴里还说着：

"敬你我！敬生活！"

本书所有插图均由让·雅克·桑贝绘制。

让·雅克·桑贝（1932 年—2022 年）
是法国插画家，他与勒内·戈西尼合作创作
的《小淘气尼古拉的故事》，成就了他世界漫
画大师的地位。他笔下的人物不是什么大英
雄，而是日常生活中的平民百姓，他用一贯
不温不火的幽默，将这些小人物的喜忧一一
展现在读者面前。

图书在版编目（CIP）数据

戴眼镜的女孩 /（法）帕特里克·莫迪亚诺著；刘
曦译 . -- 上海：上海人民美术出版社 , 2021.12（2023.6 重印）
（大作家写给孩子们）
ISBN 978-7-5586-2246-5

Ⅰ . ①戴… Ⅱ . ①帕… ②刘… Ⅲ . ①儿童小说 - 短
篇小说 - 法国 - 现代 Ⅳ . ① I565.84

中国版本图书馆 CIP 数据核字 (2021) 第 233717 号

Catherine Certitude
copyright© 1988 by Editions Gallimard, pour le texte et les illustrations
copyright©1998 by Editions Gallimard Jeunesse, pour la présente édition
© Author: Patrick Modiano
© Illustrator: Jean-Jacques Sempé

本书中文简体版权归属于银杏树下（上海）图书有限责任公司
著作权合同登记号图字：09-2021-0957

戴眼镜的女孩

著　者：[法] 帕特里克·莫迪亚诺
译　者：刘　曦
项目统筹：尚　飞
责任编辑：康　华
特约编辑：宋燕群
装帧设计：墨白空间·李　易
出版发行：上海人民美术出版社
　　　　　（上海市号景路 159 弄 A 座 7 楼）
　　　　　邮编：201101　电话：021-53201888
印　刷：天津联城印刷有限公司
开　本：880mmx1230mm 1/32
字　数：22 千字
印　张：3.125
版　次：2021 年 12 月第 1 版
印　次：2023 年 6 月第 4 次
书　号：978-7-5586-2246-5
定　价：49.80 元

读者服务：reader@hinabook.com 188-1142-1266
投稿服务：onebook@hinabook.com 133-6631-2326
直销服务：buy@hinabook.com 133-6657-3072
网上订购：https://hinabook.tmall.com/（天猫官方直营店）

后浪出版咨询 (北京) 有限责任公司　版权所有，侵权必究
投诉信箱：copyright@hinabook.com　fawu@hinabook.com
未经许可，不得以任何方式复制或者抄袭本书部分或全部内容
本书若有印、装质量问题，请与本公司联系调换，电话 010-64072833